김건희 시집

오렌지
낯선 별에
던져진다면

상상인 시인선 *051*

오렌지
낯선 별에
던져진다면

•본문 페이지에서 한 연이 첫 번째 행에서 시작될 때에는 〈 표기를 합니다.
•저자의 의도에 따라 작품의 보조 동사와 합성 명사는 띄어쓰기가 달라질 수 있습니다.

시인의 말

피고 지는 꽃말을
꽃대 밀어 올리는 원형의 힘을
몽당연필의 존재를
금세 낡아 버리는 단어의 행간을
나는 모른다

한 문장으로 사그라드는 감정을
사방으로 흩어지려는 은유의 중력을
부스럭거리는 반어 또한 나는 모른다

맨발의 내가
그대에게 깃발을 꽂으려
한 발 한 발 다가갈 뿐이다

2024년 봄
김건희

2부 저 붉은 꽃잎의 문을 두드리면

3부 달의 이면에 숨은 문장

4부 벌겋게 익어갈 나의 사과들

1부

흰 눈썹에 가둔 새의 숨소리

나는 퍼즐러

천 개의 조각마다 천 개의 꿈이 있지

꿈이 있을 법한 조각의 허벅지에
뒤꿈치 끼워 맞추는 것은 모두 비밀

클림트*가 키스를 완성할 때
황홀한 눈빛과 달콤한 입에 맞는
수천의 감정을 찾아 그렸듯

합일의 정점으로 한 발짝 다가가는
나는 퍼즐러

쉽게 열 수 있는 문을 마주하려
언제 깨어날지 모를 퍼즐 하나가
모서리에 부딪히면 로봇청소기였다가
입김 불면 금세 성에 낀 유리창이 되지

주름 조각에 또 하나를 이어 붙이면
이목구비 선명한 한 폭의 명화처럼
오래전 애틋함도 돋아나겠지

* 오스트리아 화가.

오렌지 지구본

남극과 북극을 빙빙 돌린다

자유로운 영혼일수록 침이 고이고
껍질은 오래전부터 탈출을 꿈꾸었을 것

귀퉁이 쪼그라든 오렌지
살빛 다른 이들에게 한 쪽씩 나누어졌을 것

꽃을 꺾은 자에게 손을 모은 바라나시`가
전설보다 더 오래 산다 해도
어찌 오렌지 역사만큼 살았다고 할 수 있겠는가

끝이 보이지 않던 갈림길에서 달려 나온 바퀴는
바빌론에서 풀려나온 눈빛이다

눈 감고 입을 열어 과즙 한입 삼키면
쓴맛 단맛을 동시에 맛볼 수 있다

껍질 잃은 알맹이가 초라하다지만
어느 낯선 접시별에 툭 던져진다면

오렌지 아닌 다른 이름이 되어도 좋다

내일은 어디에 있을지 아무도 모른다

* 인도 북부의 도시.

직립이 모호하다

쑥 자란 발톱 들여다보다
자라지 않는 꼬리뼈에게 생기는 의문

고개 쳐드는 야성을 나는 꽃이라 부른다

멈춘 꼬리 그 꽃대 위에 피운 혈전의 모호함으로
허리뼈 층계에 찾아오는 통증

피사의 사탑처럼 기울어졌다 해서
중심을 버린 것은 아니지
척추 2와 3, 3과 4번이 서로 받쳐주다 기우뚱해진 것

벽돌 한 장 빼낸 붉은 담장 무너질까
어긋난 한 점 공간으로 번식하는 담쟁이덩굴
나에게 덧댄 자유다

통증은 기우뚱하지만
몸은 일어선다

바닥엔 바닥이 없다

바닥에 떨어지면 닿는 바닥은
멀고도 가깝지

바닥은 바닥을 볼 수 없다

단단한 바닥일수록
깨지는 아픔은 크고

우뚝 멈추는 곳에서
금세 튕겨 올리는 스프링

햇살 비켜 간 골목길로 떨어졌을 때
푹신하게 받아 주는 바닥

여기가 끝이라고 생각할 때
슬그머니 사라지는 바닥

피멍 곱씹은 땅
이슬 내린 뒤에야 들국화가 스르르 일어나는 걸
바닥 없는 바닥에서 알게 됐지

끝까지 징

먼동이 틀 때
첫 징소리 둥글게 지나간다

아득한 저녁이 돌아오기까지
불어오는 막새바람 속에서
아버지의 아버지는 울림판을 깎는다

천 번의 두드림이 감겨들어
신명 든 사물놀이패 어깨에서
말 타고 달리던 아버지의 경쾌를 본다

논밭 봇도랑 물꼬를 트면서도
압록강 넘어 요동 벌판을 달렸던 아버지
입안에 가두어 두었던 쓰디쓴 생전의 당부가
이제야 울림으로 다가온다

산하의 주름 꾹꾹 눌러 만든 둥근 판
징의 맥놀이가 등을 친다

저물지 않는 눈동자들

눈알 빠진 인형이 버려져 있다

구겨진 밤을 걸어와 길가 낡은 벤치에
이유 없이 걸터앉은 날도 많았다

영정도 상여도 없이 치러진
노숙인의 장례가
휙휙 내동댕이쳐진 공공근로가
늑골 다친 벤치를 들어 올리고 있다

어쩌면 태어나지 않을 새싹들에게
풀벌레 노랫소리 들려주려고
고리로 연결된 뿌리는 흙을 움켜쥔다

불길에 그을리지 않는다면
마른 대궁 뿌리째 뽑혀 마구 던져진다 해도
봄이면 다시 씩씩해질 눈동자들

불어오는 바람을 가르고
긁어대는 장대비에도

비탈의 허리를 놓치지 않는다

폭염에 활활 타면서도
허기 채울 물 한 방울 있는 곳이라면
어디라도 파고든다

금빛 비늘

수족관 금붕어 유연한 몸짓
물레방아 공기방울 쏘아 올리는 것
양수 속 희미한 기억의 연장이겠지

바닥은 푸르고 깊어 꼬리를 쳤고
입술 문지르기에 벽은 매끄러워 살아 꿈틀대고
어디든 출구가 있다고 믿었지

굳어 가는 꼬리뼈가 자란다는 CT 사진에
밤마다 한 마리씩 꺼내 먹는 상상도
금붕어에겐 비애가 아닐지

너를 삼켜 내 몸의 뼈가 부드러워지고
비늘이 거꾸로 돋아도
어항 속 형상들은 늘 그렇게
금빛이어야 하니까

뭉크에게 말 걸기

윗물을 따라내고 가라앉힌
썩은 감자의 앙금

싹 틔운 고통으로 거무스레한 거품은
내가 머물고 있는 이 골방과
오랫동안 장마 속을 둥둥 떠다녔다
소화되지 않은 구토증과 함께

빗속에서 환청에 시달리던 나는
텅 빈 껍데기 같아

두 발 나란히 올린 난간은
어디나 번지 점프대

뛰어내리는 건 어떤 느낌일지
하루살이 잔칫상이 되고 말
아파트 화단의 목련은 안다

썩을 일만 남았다고 해도
푹푹 꺼지는 하루를

살아내야 하는 거야
살아봐야 하는 거지

여원 달력

하루를 여는 팽나무다

둥지 튼 새들 가지에서 떠난 뒤
정오를 더듬던 나의 몸속으로
불쑥 앙상한 그림자 하나 들어왔다

십일월이던가 십이월이던가
마모되어가는 계절의 구석에서
공휴일은 젖은 구두를 말린다

의도하지 않아도 걸친 나이테는
붉은 재킷 같아서
흰 눈썹에 가둔 새의 숨소리
눈 감고 팔 뻗어 더듬어 본다

머리조차 들기 힘든 언 강이
새의 지저귐처럼 말할 때
하나둘 떠오르는 아득한 얼굴들

떠났던 사람들이 돌아올 때마다

팽이 돌리던 꼬마 눈사람 곁에서
눈 코 입을 이리저리 바꾸어 붙인다

세상에 꼭 닮은 얼굴 하나 없음에
한 벌의 옷 같은 마지막 장이
푸른 가지를 쓸어내린다

수메르

앞섶 단추 하나 뚝 떨어져
신전 계단 아래로 굴러간다

그의 과거를 알고 싶거든
점토판 쐐기 문자를 조금씩 더듬어 봐

한곳에 머물기를 거부한 단추, 이해하는 순간
진흙에 꽂힌 문자는
표창이 되어 네 가슴에 꽂히게 될지도 몰라

신전에 갖다 바친 양 일곱 마리
움푹해진 눈동자로 뛰쳐나올지도 몰라

진흙 바닥을 막대기로 긁다
죽은 술사가 네 머리에 독약을 뿌리더라도
벌떡 일어나지 마

기도의 방으로 들어가
함부로 신들을 불러내지는 마
〈

캄캄해지는 눈앞의 순간이
성벽처럼 가로막을 때
당당히 일어나 휘파람을 불어 봐

every day

와이파이 252525
날마다 찾는 북카페는 아니다

찰나의 인연들을 둘러본다

『소원을 이루는 마력』『총 균 쇠』
손때 묻은 책들이 꽂혀 있다

『죽기 전에 한 번은 유대인을 만나라』는 서적에
눈길이 갈 때

오지 않는 너에게는 아이스 아메리카노
기다리는 나에게는 마키아토 주문을 넣고

뱅갈나무 잎이 빈약해서 재즈음악은 점점 야위어 가고
일렉기타는 비스듬히 눕는다고 생각한다

바다코끼리 닮은 눈빛들이
블라인드를 풀었다 감으면
이마를 드러낸 한나절이 서 있다

〈

와이파이 525252

돌고 돌아 찾게 되는 날마다 북카페다

제비꽃 자리

겨울 행상 떠났던 아버지
역사공원 산책로에 돌아왔다

소금가마니 등에 지고
지게 목발에 눌린 멍 자국을 데리고

목덜미 정맥 뽑아 첫닭이 올린 노래와
하늘 치받다가 흘린 땀방울 자리
온통 퍼렇다

고된 길 무릎 짚어 번진 꽃은
땅을 후벼 파는 저음이다

속 드러낸 자루처럼
파장의 향기로 헐렁해진 저녁에
혀 꼬부라지도록 내민 꽃술 앞에서
발이 저렸을 아버지

정수리에 틀었던 소금빛 상투를
바람이 핥고 있다

휘파람 기도

수선집 가위는 분주하다

하루가 모래언덕처럼 푹푹 빠져도
제단 앞에서 뒷걸음칠 수 없다

곧 쓰러질 것 같아도 비틀비틀 걸어야 하는 것은
멈추지 않는 바람의 보행 습관

등짝에 얹은 한 모금 물도
여기까지 지고 왔으니
고요히 내려놓는 성전 앞의 고단함

나에게 나를 허락하는 휘파람으로
눈 큰 낙타를 부른다

사막을 건너 집으로 돌아갈 때는
홀가분해야 했으므로
골목길 끝에 오아시스를 오려 붙인다

중절모 신사와 기린

신사가 기린에게 물었다
누구나 올라탈 수 있냐고?
대답을 기다리다가 모자를 눌러쓰고 밖으로 나갔죠

밀림에서 긴 목은 안전에 유용해요
하늘로 머리카락 솟구칠까 눌러쓴 모자
진저리치는 말도 힘들다는 투정도
꾹꾹 눌러 두고 산다는 증표죠

앞서거니 뒤서거니 살아온 날이 길어
정수리 모발이 다 **빠져**나간 건 아니에요
모자 밖으로 나온 머리카락은 어느새 백발

걸어서 닿을 곳 어딘지 알고 있다는 것은
기린보다 한 수 위인 사람의 걸음

긴 목을 가지지 못했어도
기린과 마주친 중절모 신사는
얼룩무늬 가리개 한 손으로 들춰
인사를 건네죠

〈
때 묻지 않은 눈망울 속
쉼 없이 흘러가는 구름에서
내일의 날씨를 예감해요

2부

저 붉은 꽃잎의 문을 두드리면

백일홍 뜰에서

아코디언 꽃밭을 흔든다

접었다 펴는 동굴에서 흘러나오는 어둠
톱니에 맞물려 돌고 돌아
연신 볼을 비비며 달라지는 표정

바람이 능수능란하게 합주할수록
화들짝 핀 꽃을 닮은 사람들의 탄성

한 주름이 두 주름으로 이어져
초록이 분홍의 손을 맞잡고
아이도 노인도 리듬에 맞춰 몸을 흔드는 곳

율려律呂의 동굴에서 흘러나온 소리는
백 일 동안 뒤척이는 허밍

꽃이 뭉개진 자리에 서 있는 지금
쓸어 담아야 할 물결이다

소리 타고 흐르는 것

천변 돌계단 같은 사내
지는 들꽃에게 트럼펫을 불어 준다

밤이슬 굴리는 선율이다

허리 구부린 등성이를 품고서
밤의 동공 비벼도
카멜레온 숨겨줄 수 없다

연대감도 없이 흘러가는 물살 위로
개미 태운 꽃잎 배를 무심히 띄워 보낸다

투명해질 수 없는
갈대를 닮은 내 성대
누구의 입술 빌려 소리 뿜어낼까

개미는 얼마를 더 흘러가다
낯선 땅 뭍을 향해 안간힘으로 기어오르려나

발견한 신대륙 없어, 사내는

흘러가는 물결에게도 트럼펫을 불어 준다

둥글게 뭉쳐진 밤안개마저
소리를 타고 흘러간다

바람이 그린 그림

구르던 바퀴에서 바람이 새어 나가
진창길에 멈춰 서고 말았다

유성이 들려주는 소리에 귀 기울이다

바람 빠진 타이어에 오래 기대면
누구라도 한순간 기울어질 수 있겠다
맞물린 축을 버릴 수 없어 버티기만 하다가
천방지축 앞만 보고 굴러왔던 거다

달려온 길이 사막이라면
어디엔가 오아시스를 숨긴 건 참 잘한 일
위로는 그렇게 시작되고
한 줌의 그림자도 없는 사막에서 불시착을 겪었으니
바람 빠진 바퀴쯤은 겁나지 않겠다

한시적인 자리바꿈이란
원래의 자리로 돌아가기 위한 것

상수리 경전

저무는 숲에 갔다가 탁! 탁!
도토리에게 얻어맞았다

나를 치고 동화사 돌계단을 굴러 내려간다
놀라 눈 뜬 다람쥐에게 남기는 화두

대웅전 용마루 마주 보며 백 년쯤은 살았으니
그도 나름 깨달았겠다

발아래 관 자리 하나쯤 봐 두고
애 끓이던 열매 하나둘 떠나보내고 있다

눈물 섞어 묵을 쑤어도 그만인 도토리
흔들리던 허공을 다람쥐가 끌고 가서
불혹 넘긴 내가 애꿎게도 아프다

큰 나무 그늘에서 멀리 떨어지라는 스님의 설법
타임머신을 숨긴 어린나무가 받아 적는다

여시아문 꽃살문도 흔들린다

사시나무에게 주문 걸기

밑줄 빽빽한 나이테는
금세 답을 찾지 못하는 노트다

연필 거머쥔 몸통은 그대로인데
수천의 눈빛 의구심이 많아
첫 번째 문제에 손 떨고
두 번째 문제에 가슴 떤다

채점을 맡긴 텃새에게 마구 파헤쳐진 몸의 내부는
문제가 문제를 푸는 일
몸에서 멀어진 가지를 더 무겁게 한다

호리병 입구 같은 자리마다
문밖으로 날려 보낸 딱따구리 새끼들은
어느 변방에서 살고 있는지

억센 억양도 눈 흘김도
풀어야 할 문제 앞에선 방해꾼
열 번째 문제에 각자 차를 몰았고
열한 번째 문제에 혼자 밥을 먹었다

〈
이제 혹처럼 불거진 사시나무는
찢긴 오답노트로 마른 잎들 날리고
새의 체온을 그리워한다

바닥과 내통하다

가랑잎에서 비상의 냄새가 난다

벌레가 침샘을 밀어 넣던 잎맥
별이 스쳐 남긴 문장에도
흔들리며 걸어온 길이 보인다

여기까지 오느라 갈라 터졌다 아문 발바닥
마치 웅크려 우는 아이와 눈 마주친 듯
떨리는 목소리
닳은 느낌표들

올려 보거나 내려 보는 눈길에선
부싯돌 같은 끌림이 생겨나고
잠시 망설이는 순간
지상의 쉼표들은 바짝 말라갔다

꿈에서나 서로 내통하자는
너의 바스락거림에 멀미가 난다

한때 높은 가지에서 팔랑거려 보았으니
추락의 끝인 바닥을 이제는 감싸안을 때다

동백으로 부르는 노래

여울처럼 울고 있는 동백길을 걸어요

아무도 찾지 않아 호젓한
빗방울이 떨어지는 길이었지요

그의 손을 놓아 버려
처음도 끝도 없는 방황이 시작되었죠

그리곤 꿈을 꾸었죠

서로가 서로에게 흘러가 닿는 뜨락
저 붉은 꽃잎의 문을 두드리면
오고 가는 달빛이 길을 열어 주겠지요

움켜쥔 손을 펼쳐 보아요

환희의 노래 부르는
부리 고운 동박새와 마주할 거예요

보자기꽃

한 모서리가
다른 모서리에 질끈 묶인
속내를 풀어보고 싶었지

묶고 묶이는 것을 허락한 적 없어
가위 들이대도 잘 풀리지 않아

가난을 쓱쓱 문질러 본 사람들은
이미 반복적 묶음의 경험을 가졌지

직선과 사선을 다 품어 안아
리본을 달면 완성되는 꽃

가위바위보로 맺어진 귀퉁이에서
앙증맞던 소꿉친구의 손바닥 상처를 보았지

늘 술래였던 너를 보면서
겹보자기 속 의문을 오늘에야 푼다

연인

숲의 음영이 여러 번 바뀌어도
나란히 앉은 연인 조각상

늘 그 자리에 있다는 것에
여름사람들은 익숙해졌다

서로의 허리에 두른 팔이
좀 더 깊숙해졌다는 것을
아무도 눈치채지 못했다

칠 년 그리움으로 버티다가
울음주머니 떼려고 우는 매미
차가운 돌이 아닌
연인으로 마주한 애절함으로

크게 울음주머니 부풀리다 목은 메고

더 깊이 포개지는 팔월

무모한 반란

붓질 아직도 서툴다

자꾸 밀다 보면
벽이 빛바랜 문이 되기도 한다

자물쇠 구멍 오래 돌리다 보면
덜커덩 열리는 문

문이 문을 통과하지만
다시 막아서는
또 다른 문

막무가내 출구 찾으려 했던
내 무모함은 오늘의 문틈을 노린다

사는 일도 서툰 붓질이라서
언제나 꽃을 향한 나비처럼
홍겨운 공중 발레다

비 끝

낯선 집 처마 낙숫물에
귀를 기울인다

보고 싶다는 말 오래 눌러 참았기에
낙수의 말에 젖는 귀

울어대는 새를 지나

옥수수밭 건너온 비
먼저 알아챈 처마

자갈길 걸어 발에 물집 잡힌 하루
봉선화 꽃잎 마른자리에 슬그머니 열리는 귀

퉁겨진 빗물이 받아 안아
씻겨주고 있다

알사탕

껍질을 벗길 때마다 온전하게 녹여 줄 수 있다 믿었다

부끄러움도 녹으면 녹을수록 둘둘 말린 삶보다 나을 거
라는 생각이 들었다

어쩔 수 없이 살갗에 달라붙는 껍질도 있다지

너의 겨울이 막연했더라도 입안에서 이름을 오래 굴려
여운도 없이 사라지길 기도했다

순간을 빠지직 깨물고 마는 성깔머리

찬 바람 부는 귀갓길 오래 굴린 화두 하나가
살금살금 고양이 눈처럼 따라오겠다

워너비 wannabe

그림을 수집하는 너와
그림을 그리는 내가

나란히 걷는 연화지 둘레길
달팽이 걸음에 저녁노을이 스치고

너와 나 동시에 올려다본 하늘
아직 모네가 완성하지 못한 별을
서로의 눈빛으로 잔잔한 호수 위에 뿌리고

왼손이 한 일을 오른손도 모르게 하는
너는 내가 좋다고
워너비 워너비 나의 손을 잡고

느릿느릿 내려가는 길이면 어때
오르기에 숨찬 비탈길이면 어때
이야기 속 떼어 놓은
원둘레의 보폭을 우리는 서로 닮아 가고

우산의 방향

물음표 방향을 알지 못해 허둥대다
구겨진 우산 퍽 소리 나게 펼친다면

모서리까지 팽팽해지겠다는 오늘의 운세
안과 밖에서 보는 비의 차이처럼
달려오는 빗물 단숨에 받아낼 수 있다고 믿었다

우산 쏜 누군가와 좁은 골목길에서 마주칠 때
한쪽이 우산을 더 높이 들어야
비켜 갈 수 있는 방향

변덕스러운 날씨라도
먹구름에 둘러싸여도
바람에 날리지 않게 손잡이를 꽉 움켜쥐어야 한다

사선으로 사정없이 쏟아지는 비바람에
자기소개서 들고 온몸은 돌진한다

흐린 하늘, 흐린 나라 빙빙 돌리면서

몰입하는 일이란

나란히 눕고 싶은 초승달이
개밥바라기에게 몰입 중입니다

밀봉된 하루를 풀어
꽃다발을 만들어야겠다는 표정입니다

작은 손톱으로 밤하늘을 두들기다 멈추고
적막을 한 줌 움켜쥐니
보도블록 틈 사이 민들레가 올려다봅니다

흑백 사진 속 윤무하는 새떼처럼
말없이 몰입하는 일이란
서로가 서로에게 유난해지는 온기
귀도 트고 입도 트기를 바라는 눈빛
내 전부를 쏟아붓는 것

그렇게 입 밖으로 내뱉곤
더 이상 솟구쳐 오를 일 없다는 듯
나는 이레쯤 어딜 다녀와야겠습니다

3부

달의 이면에 숨은 문장

포스트잇

안부를 봉인하고 비밀을 쓴다

노랑이 노랑을 그리는 밑줄
엇비슷한 감정의 순간순간

어디든 척척 붙으려고 한다

뒷면이 찰진 나니까
높거나 낮거나 각진 곳이라도
밟아도 노랗게 피어나는 후렴구처럼

직선으로 곡선으로
하염없이 기다리다
뒤숭숭한 너의 잰걸음도 적는다

오해의 크기와 서류의 무게를 풀기 전
뒤꿈치 들고 계단을 오르듯
숨을 고른다

자체발광

풀밭을 앞니로 읽는 토끼
귀 뜯긴 풀에게 쫑긋 주문을 건다

풀잎의 말 풀잎의 상처
꽃 피기 전과 꽃 핀 후의 풀은
씹을수록 맛의 질감이 다르다고 쓴다

식탁에 들꽃을 꽂아 둔 뒤
목마름을 채우려 이어지는 재채기
가판대에서 사 온 신문 기사를 읽다가
콘크리트 숲에 갇혔음을 안다

내가 사는 집은 입구도 출구도 하나인
토굴을 닮아 간다

야광 옷 입은 풀들이 군무를 출 때
절대로 풀을 뜯지 않겠다는 토끼

어깨 으쓱이며 건너온 바람처럼
어두운 신문 한 면을 밝히고 있다

김밥서체

삼대 이은 김밥집은 흔들리지 않았다
닥나무 속껍질 흔들어 쪄낸 듯한 얼굴빛 시어머니
터진 물집 같은 새벽을 굴려 김밥을 썬다

물갈퀴가 생겨난 엄지와 검지
팔순의 손목이 써는 한 줄 오색 김밥은
이국에서 온 노동자의 햇살이고 위무다

입속 밥알들이 행여 흩어질까
김정희 후손이라도 된 듯 반듯한 전서체篆書體
가지런히 눕히고 세운다

검고 윤기 흐르는 오늘의 문양을 새긴다

달의 이면

산목련 나뭇가지 끝에
잠꼬대로 걸린 달은
은둔 시인이 읊은 구와 절이다

서리 파편마저 훼손한 말들
달의 궤도를 돌아온 탐사선이
날개 뜯긴 여치 등을 토닥인다

나무의 단전에서 버려진 상처
잠든 시인의 발을
달빛 절구로 찧고 또 찧는다

졸음에 겨운 파란 볼펜이
식탁보 꽃무늬를 꾹꾹 찌르자

한 손에 조간신문 집어 든 시인이
달의 이면에 숨은 문장을
이리저리 흔든다

맥놀이

산허리 돌아오는 종소리
귓불 감싸 줄 만큼 파장이 크다

처마 끝 고드름을 치고 달아나다
빈 상여를 끌고 돌아오지 않을까

천둥에 멍든 속을 달래고
잡을 수 있는 것과 포갤 수 있는 것을
한 번의 방망이질로
내 손바닥 위에 합쳐 놓을 수만 있다면

새순 돋았던 어제의 인연도
여러 갈래 포갠 침묵 위에
평평하게 펴지는 순간이다

연신 내리는 비에
오리나무 열매가 속속들이 젖을 때까지
우두커니 서 있다

아수라 침술원

매미 목청에 휩쓸리지 못한 칠월 말미
해인사 뒤뜰에서 최치원 지팡이였다는
노거수 전나무를 만났다

기근의 뿌리를 단련시키느라
갓과 가죽신을 고스란히 벗어 둔 듯
비탈 아래 물의 굽이를 헤아리고 있었다

집착은 움켜쥐고 다니는 것이 아니었던 거야

하얀 진액 주르르 흘렀을 전나무 지팡이
누런 침 한 쌈 꺼내기 전까지
내 몸 혈자리를 일러 아수라장이라 한다

구름 묶을 끈 찾아 헤매다
양수 속 태아처럼 실눈 뜨고
북두칠성 손잡이를 붙잡았던 나의 방랑 끝

기도도 없이 찾아온 서늘한 빛이
직립의 뼈마디를 지켜주고 있다

엔젤트럼펫

해가 지도록 불어 볼까
이마에 노을이 얹힐 때까지
소나무 줄지어 선 언덕은
언제나 숨차기 마련

숱한 밤을 지나왔기에
새벽에 더 잘 부는 나팔소리

기다린 만큼 커지는 한 뼘의 마디
내 곁을 떠나는 네 발자국 소리에
솔개그늘 아래 귀가 자라고
송진 맺힌 무릎으로 오래 서 있어도
숨차지 않아

널 기다리는 동안은

젖은 금요일

비 오는 금요일에 면발을 끓인다

냄비 뚜껑 열고 젓가락으로 건져 올린 맛
비의 가닥은 내 애간장과 다르지 않다

가랑비도 소낙비도 한소끔 끓이다 보면
허기의 발목처럼 가늘어질까

떡갈나무 등치에서
알맞은 맛과 온도에 천천히 젖어간다

입김 후후 불며 돋운 미각으로
면발 건져낸 냄비는 찬물에 현기증을 멈춘다

속을 비웠는데도 아직 끓고 있는 저 물꽃은
면발도 냄비도 사라진 금요일 식탁이다

바다제비 펜션

언 벽도 창이니까 쾅쾅 두드리지 마세요

걸어둔 시계 거울 온도계도
막막한 길 끝에서 마주한 바다예요

별똥별은 여전히 떠돌고
일제히 날아오른 바다제비는 축포가 되죠

속속들이 살피려 크게 뜬 눈
흔들리는 목걸이에 창은 어지러워해요

슬리퍼 끄는 소리에도
놀란 유리의 귀 무너질 수 있으니
살금살금 맨발로 다가서야 해요

밤낮없이 암막 커튼 친
창틀에 턱 괴고 앉은 나는
성에꽃 유리 너머로 밀려드는 그대 파도에
얼룩을 씻어내죠

그리하여 수리하다

새벽을 뭉개며 달려온 오토바이
삐딱하게 걸린 주머니에
우유를 밀어 넣는다

덕지덕지 광고지에 점령당해
온기 밖으로 밀려난 문고리 氏
단단히도 안을 걸어 잠갔다
학연 지연 혈액형까지
들고 날 때마다
달라지는 표정을 스캔하다가
손잡이는 곪아버렸다
안에서 밖으로 제멋대로 목을 비틀어댔으니
고장이 날 때도 된 거지
어렵게 불러온 수리공 큰 수술이라는 듯
드르륵 겨드랑이 단추를 푼다

골목 어귀 한뎃잠 자던 대문
경계를 뜯어내고 나니
만발할 힘이 솟구쳐 오를 때까지
밖을 향해 원반을 던진다

눈 밖의 눈

엉덩이 진물 나는 어르신과
발바닥 굳은 어르신들
붉은 소나무 송진 냄새가 난다

소용돌이치는 요양원 중심에는
휠체어 시간이 남았을 뿐
고엽제 무차별 뿌려지던
밀림의 기억은 옹이로 굳어졌다

세파에 휘둘려도
혼은 뺏기지 말라던 당부로 휠체어를 밀지만
당신은 갈색 홑꽃처럼 가볍다

행여 덜컹거려 툭 터진 흉터
주르르 흘러나올까 봐
요철 없는 평지로 밀고 간다

등창으로 누워 껌뻑이는 옹이의 눈
적을 향한 총구에도 창밖 홍송 그늘은
흰 담요를 덮어 준다

엘리베이터 부족

우두커니 서 있거나
하릴없이 응시하는 호랑가시나무
올라타는 누군가를 기다린다

기다림이 지루해지는 순간
갑옷의 앞섶처럼 열리는 문

쭉 뻗은 팔다리는 이미 순응의 관속에서
웅크림으로 앞일을 내다보았으니

열린 문 앞에서 비로소
오르고 내리는 길 생겨난다

버튼 누르자
빼곡히 담기는 피곤함도
까마득히 잊힌 어느 부족의 여왕인 듯
솟구쳐 오른다

변변한 부장품 하나 없어도
올라타는 사람들
잎의 가시마다 붉은 열매 익어 간다

뿔들의 크리스마스

가시나무에 별 모자를 씌워주면
자선냄비 걸어 둘 광장의 뿔이 될까

수천수만의 눈송이가 내려와
요술봉 든 마녀의 새들도
뿔이 돋을까

산타가 건네준 양말을 신으면
성난 골목 어둠의 모퉁이마저
황금색 알전구에 환해질까

그 나무가 베어진다 해도
알전구를 달면 달수록 돋아나는 뿔

어슬렁거리던 눈발이 잦아들면
총총히 사라지겠지

잎말이나방

방충망에 자화상을 그리다가
덜컥, 악착스러운 구멍에
발목 잡혔구나

날개 퍼덕일 때마다
겨드랑이에선 피가 났을 것이고
놀라움은 호미 끝처럼 뾰족해져
질긴 쑥 뿌리를 당겨 올렸겠구나

별의 잠도 묶어둔 그곳은
정방향의 감옥

바람에 눈을 떴다 감았다 하는 사이
캐고 털고 사라질 먼지로 가득하다

까마득한 별의 배경에 그려두는 매화나무
방 안을 들여다보겠다고
몸 뒤틀고 피운 첫 꽃잎

부싯돌 신호를 보내오는구나

묘수가 없어서

버석거리는 모래의 울음에
여름 내내 몸부림치는 직각의 기둥들

곤충의 눈을 방치한 채 두리번거리는 천장

나무에 말 걸고 있는 매미들
짓다 만 외벽에 홍옥 빛 페인트칠을 한다면
더 단단한 무릎으로 노래할 수 있을까

준공 날짜 재촉할 때마다
슬그머니 발 빼는 시행사와 시공사
포석이 절묘하다

버둥거릴 시간도 없이
누군가 쳐놓은 덫에 덜컥 걸려
껍질만 남기는 게 우리네 사는 일

4부

벌겋게 익어갈 나의 사과들

회심곡

거미 기어가는 거문고 횡격막에서
가을 끝 비는 슬겅슬겅 조율되다가
대청마루 틈을 벌린다

자연스럽게 갈라지는 것도 제 몫인 듯
덩달아 햇살 알갱이들도 댓잎에서 자진모리

떠나는 사랑이 그러해서
뜯다가 보면 무슨 가락인들 못 뽑겠는가

긴 손가락 깨문 거미
일렁일렁 닿는 처마 밑 그늘에
주르륵 구름 실 풀며 흘러내린다

줄 없는 거문고 속으로 들어간 거미는
한 계절을 견뎌야 할 검붉은 달

봄날을 기약하며
지금은 육모 집에 꼭꼭 숨어든다

기린에게 보내는 송신

숨기에 적당한 얼룩무늬
긴 다리는 뛰어놀기에 안성맞춤

가시덤불 속 새순에도 쉽게 닿는 긴 목
마르지 않는 혀를 위해
침샘은 스프링클러를 돌려요

아무리 긴 문장의 구름도
본능으로 뭉개진 권운卷雲도
읽어내는 눈은 맑고 영롱해서
올려다보는 하늘은 깊은 우물이에요

날아오르는 말벌 소리에도 귀를 쫑긋하는 것은
오랜 유전자가 축적된 잎 넓은 책을 양껏 읽어서일까요

울고 싶어도 울 수 없을 때
당신이란 밀림을 향해
바람결에 실어 보내는 수신호로는 부족해
나 송전탑을 세워두는 거죠

벌통론

육각을 치장하기 위한 신의 꾀임이라는 걸
우린 천천히 알게 됐던 거죠

수벌과 여왕벌이 기다리는 일벌은
울분 치밀어도 달콤한 꽃에 내려앉죠

온 천지 꽃 필 때면
여왕벌 앞에서 더더욱 능청 부리는 수벌

밀랍 밖 난데없는 붕붕거림은
사나운 말벌 때문이라 말하죠

상기된 낯빛으로 내세운 여왕벌의 공약
임금인상, 근로복지 개선은 공염불이었던 거죠

한 통속에 갇힌 우리는
강자도 약자도 사리사욕은 자멸이죠

자리바꿈

한 발 떼고 한숨 쉬며 주저앉는다 "주저앉지 말고 앞으로 걸어야 해요" 막무가내 재촉하는 아들이 어느새 아버지 같다

얼마 전까지만 해도 "공부 열심히 해" "앞을 보며 나아가야 해"라고 하시던 아버지, 지금은 재활치료실에서 첫발을 떼기 시작했다

아슬아슬한 타워크레인 위에서 기세등등했던 아버지 재바르던 걸음 어디에 두었는지 천근 무게를 짊어진 무릎 세우는 연습 한창이다

치료실 안을 몰래 들여다보던 정오의 태양이 엄지척 들어 올리며 빙그레 웃는다

은밀한 착지

높은 곳에 꼭짓점을 두고
솟구치다 가라앉는
그네의 심장

두 발로 굴린 회전율에
구부린 허리는 빳빳해진다

무릎으로 햇살을 두드리고
비파 소리 내는 뼈마디
흩어진 각자를
발 구름판에 하나로 모은다

훌쩍 뛰어내릴 적당한
한 지점을 찾기 위해
잠시나마 그네로 살아 본다

크게 흔들려 본 이후에 터득한
나만의 경지

조우

이이와 이황이 대면하는데
버드나무도 정자도 없다

억겁의 시간을 건너온 그들의 후일담이 궁금하다

열었다 닫는 지갑 속에서
자본에 길들여진 한 장의 지폐
반으로 접힌 수염과 머리카락은
출처를 알 수 없는 나만의 서책이다

숨을 제대로 쉴 수 없는 천년의 바람에게
어지럼증 앓던 다보탑이 주소를 물어도 들은 체 만 체
민요풍으로 삿갓과 도포 자락만 펄럭인다

꼬리 잘린 토끼 한 마리 몰고 있는 나는
가상화폐 거래소 창을 띄우고
코인만 만지작거린다

메르디앙

놀이터에서 바라보는 메르디앙
로열층은 몇 층일까

시소에 걸터앉아 발가락 헤아리던 참새들
차량 빠져나오는 출근길 용케도 알아
기운 쪽으로 옮겨 앉으며 무게를 잰다

수평을 꿈꾸며 시소에 걸터앉은 나는
막대그래프 포신처럼 겨냥하다가
하양과 검정 무게가 달라졌음을 살핀다

택배 기사 급하게 누르는 초인종 벨소리에
위장 말끔히 비운 허기를 본다

나도 모르는 메르디앙 어원이
끝 모를 욕망의 탑처럼 솟아오를 때
함박눈이 내린다

장미가 질 거라는 예보는 없었다

피뢰침도 없는 높은 담장
붉은 장미에 번개가 덮쳤다는 사실은
나의 비밀

우산 없이 내몰린 아이처럼
공원 수목들 고개는 숙여지고
나는 컴컴한 의자에 오래 앉아 있었다

송홧가루가 차창을 점령하면
각막 찢을 듯 쏟아지는 비
갈팡질팡 고인 흙탕물이 풀린다

개울이 중얼거리는 동안
천적의 부리를 가진 조류들이 있었던 곳
카메라 플래시로 알리바이 물어 왔다

아무도 내일의 쾌청을 의심하지 않을 때
어둠을 여닫는 조리개에
꽃잎만 몸살 앓았다

오늘의 동선

구급차 사이렌 소리가
막다른 골목길로 달린다

한순간도 놓치고 싶지 않은 긴장 속에서
칼군무 추는 화면 속 아이돌

숙련된 손가락이라 믿었던 동작에
작업한 문서 다 날아가 버렸다

붙잡는 가지와 달아나는 꽃잎 사이
내뱉은 숨마다 마른 통곡이다

먹구름 타고 물웅덩이까지 뛰어내리는 꽃잎들
그들은 가계를 위해 셔터 올린다

통증의 미묘한 차이를 앉혀두고
나는 먼 창을 쳐다보며
팬데믹 암호를 읽는다

크래커 즐겨 먹었던 나의 한때가 스쳐 지나간다

적천사 은행나무

황금갑옷 갈아입고 달려 나갈
조련된 군마처럼 서 있다

열두 바퀴 지구를 돌아
천왕문 밖 서역에서 막 돌아온 몸통

왕관 쓴 이서국 후투티가 드나드는 구멍이
전쟁터 누빈 말을 떠나보내니 헐거워졌다

노랗게 깔아 둔 깃발 자락 위로
젊은 말을 갈아타지 않았다는 소문들
농익어 떨어지는 쿰쿰한 땅

공중의 불평들 고스란히 받아준다

부동의 몸짓에 손을 대면
복속을 견딘 이서국 군마의
발굽 냄새가 물컹하다

미완의 큐브

목덜미가 아프다
뻣뻣하게 달린 대추처럼

타워크레인 멈춘 주상복합아파트
언제쯤 B동 26호 현관문 활짝 열릴까

평생 모은 재산 다 쏟아부은 할머니
가족사진
꽃무늬 찻잔
자개농
우연처럼 완성될 큐브를 어루만진다

대추나무 가시에 찔린
그녀의 눈이 따갑다

한꺼번에 노루[*]

노루가 몰려든 과수원은 심하게 흔들렸다

잠 깬 새들은 각자의 방향으로 날아올랐고

흰 얼룩 반점 노루의 혀에 단맛은 깨지고 신맛은 금이
갔다

배 불룩한 것들을 야무지게 집어삼켜 커진 눈

왜 이리 뒤엉키느냐고 숲은 술렁댔다

두근거리다 오한 든 나는 태풍에게 붙잡힌 바짓단을 떼
며
오늘의 수치를 목감기라 적는다

떠나는 자의 핑계에 상처는 더 깊어졌다

일탈의 철조망을 넘으려던 노루의 배에서
새어 나온 혈흔

머지않아

벌겋게 익어갈 나의 사과들

* 태풍.

나빌레라

나를 가둔 안전핀을 나빌레라 부른다

누구나 주인공이 되는 가면무도회에서
샤넬 1957 향이 돋기 시작하는 순간
밖의 얼굴에 안의 얼굴이 지워질 때다

무엇이든 숨길 수 있는 어둠에 들어
환한 밤을 헤매던 불면들
붉은 양탄자 보푸라기는 발목까지 자라
금세 풀밭이 된다

착각은 늘 무도장 바닥에서 돈다
테이블 위에 아무렇게나 벗어 둔 잿빛 정장
튀어 오른 샴페인은 화살촉이 되어 날아오르고

공중 부양하는 비엔나 왈츠 앞에서
우리는 형형색색의 나빌레라

세로줄의 낙서를 가득 품은 입술로
부르르 떨리는 안전핀 당겨야 할지

말아야 할지
갈등의 골이 깊다

프라하 프라하

사과껍질에 붙은 나는 애벌레

여기까지 끌고 온 가랑비와 새소리
꿈인 듯 현실인 듯 다다른 바츨라프 광장

새콤달콤에 길들여진 사람들
공중전화 부스 앞 분주하다

시계탑 보이는 광장 건너편
자물통을 채우지 않으면
길 잃어버릴 것 같은 캐리어

단맛으로부터 탈출
이곳에 두고 가지 말라는 암시지

캐리어보다 커진 몸통
누구도 이상한 눈으로 바라보지 않겠지

빨간 지붕 즐비한 여행지에서 나는

또 다른 구멍으로 들기 위해

꼭지 비틀어야겠지

몸 안과 몸 밖의 세계, 그 합일 정신
– 김건희 시집 『오렌지 낯선 별에 던져진다면』에 대한 내면 의식

껍질 잃은 알맹이가 초라하다지만
어느 낯선 접시별에 툭 던져진다면
오렌지 아닌 다른 이름이어도 좋다
–「오렌지 낯선 별에 던져진다면」 중에서

이구한(문학평론가)

1. 주체로서 몸과 대상으로서의 몸

몸의 주체는 바라보는 자이며 행동하는 자이다. 대상은
보여지는 자이다. 내가 바라본 내 몸은 대상으로서의 몸이
다. 사유의 주체가 사유만으로 그칠 때 살아 있는 몸을 이
해할 수 없다. 몸이 대상으로 보여진다고 할 때 세계를 향
해 일어서는 존재일 때에라야 주체는 대상으로서의 몸을
이해할 수 있다. 몸은 세계를 향해 일어서는 세계에의 존

재이기 때문이다.

내 몸을 볼 때의 주체는 자아이다. 자아가 자기를 보는 것이다. 자아는 의식이지만, 자기는 의식과 무의식을 포함한 몸을 통틀어서 칭한다. 그런데 주체로서 내가 세계를 향해 행동을 취할 때 세계와 모종의 관계를 맺는 것이다.

김건희 시인은 몸에 관한 사유가 많다. 우리의 몸은 어디에 있는가? 그 위치는 어디인가?

메를로 퐁티Maurice Merleau Ponty(프. 1908~1961)가 강조했듯이 "우리의 신체는 공간 안에 있다고 더욱이 시간 안에 있다고 말해서는 안 된다. 그것은 공간과 시간에 거주한다."[1]고 한다.

몸은 공간과 시간 안에 있지 않다. '몸은 공간과 시간에 거주한다.' 이는 몸이 시간과 공간에 대해 갖는 것은 즉자적인 사물과 다르다는 것이다. 몸은 시간과 공간에 스스로 적응하면서 그것들을 포용한다. 내가 거주하는 공간과 시간은 언제나 다른 관점들을 함축하고 있는 규정되지 않은 지평들을 갖는다.

시인은 몸 안과 몸 밖의 세계에 주의를 집중한다. 이러한 세계에는 시간과 공간으로서의 지평이 있기 마련이다. 유기체인 몸은 결국 자아성과 타자성의 결합으로 지향한

---

1) 메를로 퐁티『지각의 현상학』류의근 옮김 (문학과지성사. 2002) 223쪽

다.

김건희 시인의 두 번째 시집인 『오렌지 낯선 별에 던져진다면』은 제목에서부터 몸의 운동이 외부에 강하게 파동친다. 오렌지를 낯선 별에게 던진다고 했을 때 몸이 외부와 관련을 맺는 의미가 함축되어 있다. 몸이 외부와 관계를 맺음은 대상을 향한 존재의 의식 흐름이며, 생명의 지향성에 대한 관심이다. 대상으로서 밖의 세계는 몸 안의 세계와 어떤 관계가 있는 것일까? 몸은 살아있기 때문에 세계로 뻗어가고자 한다.

중국 속담에 재생일일 승사천년在生一日 勝死千年이라는 말이 있다. 살아 있는 하루가 죽은 천 년보다 낫다는 뜻이다. 사는 동안 몸의 현상에 대한 증상을 어떻게 대처해야 할 것인가가 풀어야 할 과제이다.

2. 몸 안의 세계

시인이 렌즈를 집중한 첫 번째 소재는 무엇보다도 몸 안의 세계이다. 몸 안에도 시간으로서의 지평과 공간으로서의 지평이 있다. 먼저 시간으로서의 지평을 살펴보자.

몸과 시간은 어떠한 관계인가?

메를로 퐁티는 "나의 신체는 현재, 과거, 미래를 동시에 동여매고 시간을 분비하며 더 정확히 말하면 그것은 사건들이 처음으로 서로를 존재에로 밀어내는 대신 현재의 주위에서 과거와 미래의 이중 지평을 기투하고 역사적 방향을 받아들이는 자연의 장소가 된다."[2]고 표현한다.

'몸은 시간을 분비'한다. 이 표현은 매우 시적이다. 몸은 어떻게 시간을 분비하는가? 몸은 시간에 거주한다. 몸은 한 편으로 지금까지 주어진 대상을 향해 회고적인 자세를 취하게 되기도 하고, 다른 한 편으로 대상을 향해서 나아가기 위해 예견적인 자세를 취하게 된다. 이런 면에서 몸은 늘 회고적이면서 예견적이다. 지각의 종합에서 보면 감각들은 현재와 과거와 미래를 하나로 결합된다. 상황에 따라 회고적이면서 예견적인 몸의 지향성 지체가 시간을 분비하는 방식으로 작동한다.

쑥 자란 발톱 들여다보다
자라지 않는 꼬리뼈에게 생기는 의문

고개 쳐드는 야성을 나는 꽃이라 부른다
〈

2) 위의 책 365쪽

멈춘 꼬리 그 꽃대 위에 피운 혈전의 모호함으로

허리뼈 층계에 찾아오는 통증

피사의 사탑처럼 기울어졌다 해서

중심을 버린 것은 아니지

척추 2와 3, 3과 4번이 서로 받쳐주다 기우뚱해진 것

벽돌 한 장 빼낸 붉은 담장 무너질까

어긋난 한 점 공간으로 번식하는 담쟁이덩굴

나에게 덧댄 자유다

통증은 기우뚱하지만

몸은 일어선다

— 「직립이 모호하다」 전문

화자는 발톱을 들여다보다가 "자라지 않는 꼬리뼈에게
생기는 의문"을 일으킨다. "허리뼈 층계에 찾아오는 통증"
을 느끼게 된 것이다. 화자는 "척추 2와 3, 3과 4번이 서
로 받쳐주다 기우뚱해진 것"이라고 해석한다. "피사의 사
탑처럼" 어떤 시간의 지평에서 발생한 사태이다. 화자는 이
에 대해 "고개 쳐드는 야성을 나는 꽃이라 부른다"하고 매
우 긍정적인 태도를 나타낸다. 이에 현실적인 "통증은 기

우뚱하지만" 습관적인 몸은 "일어선다"

몸은 습관직인 몸의 층위가 있고 현실적인 몸의 층위가 있다.

메를로 퐁티의 몸 운동에 대해 조광제는 "습관적인 몸의 층위에서는 현실적인 몸의 층위에서 사라져버린 (대상에 대한) 취급 동작들이 형성된다." "습관적인 몸의 층위를 중심으로 삼아 본 나의 몸을 일반적인 양상을 띤 비인칭적 존재로 파악한다."[3]고 해석한다.

따라서 몸은 현실적으로 수행되는 대자적이고 인칭적인 몸과 습관적으로 수행하는 즉자적이고 비인칭적인 몸이 함께 활동한다.

화자는 내 몸 안에 "어긋난 한 점 공간으로 번식하는 담쟁이덩굴"이 오랜 시간 번식으로 인해 몸은 "벽돌 한 장 빼낸 붉은 담장 무너질" 위험한 순간에 직면한다. "나에게 덧댄 자유"란 무엇인가? 여러 가지 원인이 있겠지만 내 몸 안에서 일어난 육체적인 어떤 사태이다. 담쟁이덩굴처럼 번지는 일로 인해 몸의 균열이 생긴 것을 "나에게 덧댄 자유"라고 수용적 태도를 보인다.

결구에서 "통증은 기우뚱하지만/몸은 일어선다"로 끝맺음한다. 조화롭지 못한 몸의 상태를 노출하게 되지만 몸

---

3) 조광제 『몸의 세계, 세계의 몸』 (이학사. 2014) 113~115쪽

은 세계로 향하기를 멈추지 않는다.

「직립이 모호하다」에서 기우뚱해진 몸 안의 세계에 대한 시간의 지평을 살펴볼 수 있었다.

몸 안 직립의 **뼈**에 대한 시 「아수라 침술원」은 몸을 지탱하게 된 이유를 알려준다.

매미 목청에 휩쓸리지 못한 칠월 말미

해인사 뒤뜰에서 최치원 지팡이였다는

노거수 전나무를 만났다

기근의 뿌리를 단련시키느라

갓과 가죽신을 고스란히 벗어 둔 듯

비탈 아래 물의 굽이를 헤아리고 있었다

집착은 움켜쥐고 다니는 것이 아니었던 거야

하얀 진액 주르르 흘렀을 전나무 지팡이

누런 침 한 쌈 꺼내기 전까지

내 몸 혈자리를 일러 아수라장이라 한다

구름 묶을 끈 찾아 헤매다

양수 속 태아처럼 실눈 뜨고

북두칠성 손잡이를 붙잡았던 나의 방랑 끝

기도도 없이 찾아온 서늘한 빛이

직립의 뼈마디를 지켜주고 있다

－「아수라 침술원」 전문

이 시의 창작 동기는 최치원이 해인사 뒤뜰에 꽂아놓은 지팡이가 자라서 노거수 전나무가 되었다는 전설에서 출발한다. 누런 침 한 쌈 꺼내기 전까지 "내 몸 혈자리를 일러 아수라장이라" 하였다. 전나무 잎은 침엽수로서 누런 침으로 비유된다. "최치원 지팡이였다는 노거수 전나무"에는 오랜 시간이 내재되어 있다. 화자는 소중한 지팡이를 놓고 간 사유에 대해 "집착은 움켜쥐고 다니는 것이 아니었던" 가 하고 회상과 더불어 해석을 한다.

이러한 경우에 타산지석이라고 했던가, 화자는 이제 자신을 되돌아본다. 나의 방랑은 "구름 묶을 끈 찾아 헤매"었다. 구름은 무엇을 의미한 것인가? 한 자리에 머물지 않아 붙잡을 수 없는 욕망이다. 다행히 방랑의 끝에 "태아처럼 실눈 뜨고" 한 자리를 지키는 북두칠성 손잡이를 붙잡고 방랑은 끝나 새로운 출발을 하게 된다.

화자는 직립의 뼈마디를 지켜준 것이 방랑이 끝났기 때문이라고 한다. 여기엔 물론 상징적인 의미를 내포하고 있지만 실제적인 상황도 보인다. 실제적인 상황으로 보자면 방랑의 긴 시간이 끝나면서 "직립의 뼈마디를 지켜주고 있다"는 표현은 뼈마디 무너지는 것이 방랑으로 기인했음을 시사한다. 또한 방랑의 끝은 북두칠성이라는 천체의 작용이 관련되어 있음을 고지해 준다. 방랑은 시간의 지평 위에 있으며, 직립의 뼈마디는 몸 안의 세계이다. 우리는 몸 안의 세계에 대한 시간의 지평을 살펴볼 수 있었다.

지각에서의 대상 –지평의 구조는 시간 세계뿐 아니라 공간 세계에서도 적용이 된다.

윗물을 따라내고 가라앉힌
썩은 감자의 앙금

싹 틔운 고통으로 거무스레한 거품은
내가 머물고 있는 이 골방과
오랫동안 장마 속을 둥둥 떠다녔다
소화되지 않은 구토증과 함께

빗속에서 환청에 시달리던 나는
텅 빈 껍데기 같아
〈

두 발 나란히 올린 난간은

어디나 번지 짚프대

뛰어내리는 건 어떤 느낌일지

하루살이 잔칫상이 되고 말

아파트 화단의 목련은 안다

썩을 일만 남았다고 해도

푹푹 꺼지는 하루를

살아내야 하는 거야

살아봐야 하는 거지

– 「뭉크에게 말 걸기」 전문

    환난이 계속되는 세상을 통과하기 위해서는 쉬운 것이
없다. 화자는 비유적이긴 하지만 콩나물시루에 물 붓듯이
감자를 싹 트기 위해 "윗물을 따라내고 가라앉"히기도 했
다. 화자는 생존하기 위한 방법으로 여러 가지를 시도해
보았다. 감자를 싹 틔우기 위해 고통도 감내했지만 부글부
글 끓는 거품에 구토증도 심했다.

    "골방"은 골방에서 지낸 시간이며, 골방이라는 공간의
세계이기도 하다. 그곳에서 상황은 "오랫동안 장마 속을
둥둥 떠다녔"던 시간이며 공간이다.

화자는 "소화되지 않은 구토"를 하는 위장을 몸의 공간으로 표현하였다.

골방은 화자가 거처하는 곳이기도 하지만, "소화되지 않은 구토증"의 공간이기도 하다. 골방의 냄새, 골방의 기억은 기억을 넘어 몸의 내부에 새겨져 있다. 이는 곧 내밀성이 응집되어 사람을 숙성시키는 몸으로서의 공간이다.

뭉크처럼 환청에 시달린 화자는 뭉크를 보며 말을 걸어본다. 두 발을 나란히 난간에 올린 뭉크를 나무란다. 난간도 공간이다. 그것은 죽음으로 가까이 가는 공간이다. 뭉크처럼 죽음의 순간에 대한 동일성을 지닌 화자는 자신에 대한 채찍을 한다. "썩을 일만 남았다고 해도/푹푹 꺼지는 하루를/살아내야 하는 거야/살아봐야 하는 거지" 안정되지 않는 골방은 변증법적인 작용을 거쳐 푹푹 꺼지는 하루를 살아내야 한다. 환경을 극복하고 새로운 다짐을 결의하는 성찰을 보인다.

「뭉크에게 말 걸기」를 통해서 몸 안의 세계에 대한 위장과 골방이라는 공간적인 지평을 살펴볼 수 있었다.

3. 몸 밖의 세계

시인이 렌즈를 집중한 두 번째 소재는 몸 밖의 세계이

다.

　살면서 바닥과 내통해 보았는가? 「바닥과 내통하다」를
통해서 삶이 바닥까지 내려간 상황에서 화자가 얻은 것은
무엇인가?

　　가랑잎에서 비상의 냄새가 난다

　　벌레가 침샘을 밀어 넣던 잎맥
　　볕이 스쳐 남긴 문장에도
　　흔들리며 걸어온 길이 보인다

　　여기까지 오느라 갈라 터졌다 아문 발바닥
　　마치 웅크려 우는 아이와 눈 마주친 듯
　　떨리는 목소리
　　닳은 느낌표들

　　올려 보거나 내려 보는 눈길에선
　　부싯돌 같은 끌림이 생겨나고
　　잠시 망설이는 순간
　　지상의 쉼표들은 바짝 말라갔다

　　꿈에서나 서로 내통하자는

너의 바스락거림에 멀미가 난다

한때 높은 가지에서 팔랑거려 보았으니
추락의 끝인 바닥을 이제는 감싸안을 때다
　　　　　　　－「바다과 내통하다」 전문

　"가랑잎에서 비상의 냄새가 난다" 푸른 잎은 과거의 시
간이고 가랑잎은 현재의 시간이다. 한때 푸른 잎이었을 때
"벌레가 침샘을 밀어 넣던" 시간이 있었다. 화자는 잎에서
"별이 스쳐 남긴 문장"들을 보며 "흔들리며 걸어온 길"을
본다. 특히 이 시는 문장 기호들이 비유로 표현되어 있다.
"떨리는 목소리/닳은 느낌표들"과 "지상의 쉼표들은 바짝
말라갔다" "별이 스쳐 남긴 문장" 등 바닥과 내통하면서
느끼는 기호들은 음미해 볼 만한 기법들이다.
　지금 가랑잎이 추락한 바닥은 현재의 시간이지만 누군
가 딛고 일어설 시간은 미래의 시간이다. 첫 연은 현재의
시간에서 미래의 시간을 냄새 맡는다.
　메를로 퐁티는 말한다. "나의 직접 과거와 함께 나는 그
것을 둘러싼 미래의 지평을 역시 가지며, 따라서 나는 그러
한 과거의 미래로서 보여진 나의 현실적인 현재를 가진다.
임박한 미래와 함께 나는 그것을 둘러싼 과거의 지평을 가
지며, 따라서 나는 그러한 미래의 과거로서 나의 현실적인

현재를 갖는다."[4]

나는 과거의 미래이자, 미래의 과거인 실재적인 현재를
갖는다. 현재의 시간은 미래의 시간으로 열려 있기 때문에
화자는 내가 바닥에 있을 때 누군가 나를 짚고 일어서기
를 바라는 마음을 가진다.

한때 "높은 가지에서 팔랑거려 보았으니/추락의 끝인 바
닥을 이제는 감싸안을 때"를 인지한다. 이는 바닥과 내통
할 수 있는 초월의 의지를 행사할 시간이다. 화자의 몸은
몸 밖의 세계에서 부딪히며 살고 있지만 시간의 지평 위에
서 여러 양상을 접하게 된다. 따라서 화자의 변모하는 모
습도, 바닥과 내통하는 과정도 볼 수 있다.

또한 "서로의 허리에 두른 팔이/좀 더 깊숙해졌다는 것
을/아무도 눈치채지 못했다"(「연인」)에서 '팔이 좀 더 깊숙
해' 진 시간의 흐름을 직감하게 된다. "줄 없는 거문고 속
으로 들어간 거미는/한 계절을 견뎌야 할 검붉은 달"처럼
(「회심곡」)에서도 시간의 흐름을 느낄 수 있다.

지각에서의 대상 -지평의 구조는 시간 세계뿐 아니라 공
간 세계에서도 적용이 된다.

공간의 지평에 있는 작품 「금빛 비늘」을 살펴보자

---

4) 메를로 퐁티 『지각의 현상학』 류의근 옮김. (문학과지성사. 2002) 126쪽

수족관 금붕어 유연한 몸짓

물레방아 공기방울 쏘아 올리는 것

양수 속 희미한 기억의 연장이겠지

바닥은 푸르고 깊어 꼬리를 쳤고

입술 문지르기에 벽은 매끄러워 살아 꿈틀대고

어디든 출구가 있다고 믿었지

굳어 가는 꼬리뼈가 자란다는 CT 사진에

밤마다 한 마리씩 꺼내 먹는 상상도

금붕어에겐 비애가 아닐지

너를 삼켜 내 몸의 뼈가 부드러워지고

비늘이 거꾸로 돋아도

어항 속 형상들은 늘 그렇게

금빛이어야 하니까

– 「금빛 비늘」 전문

서두에서 "수족관 금붕어 유연한 몸짓/물레방아 공기방
울 쏘아 올리"고 있다. 금붕어에게 수족관은 출구가 없다.
하지만 금붕어는 "어디든 출구가 있다고 믿었지" "바닥은
푸르고 깊어 꼬리를" 치며 유영한다.

수족관의 금붕어는 내 몸 밖의 세계이다. CT 사진에서 본 내 몸 안의 굳어가는 꼬리뼈와 금붕어의 유연한 지느러미는 대조가 된다. 몸 밖 공간의 세계는 넓다. 그중 하나가 물속에서 유영하는 금붕어 세계이다. 화자의 세계와 금붕어의 세계는 하나의 공간 지평으로 열려 있다. 그 세계에서 지느러미는 유연하다. 내 몸도 금붕어처럼 유연할 수 있다면 좋으련만! 금붕어의 유연한 유영을 바라보던 화자는 금붕어의 공간을 자신의 몸 공간에 통합시킨다.

화자는 밤마다 금붕어 한 마리씩 꺼내 먹는 상상을 한다. 이러한 망측한 상상을 금붕어는 알 수 없겠지. 금붕어에겐 그의 삶이 있겠지. "너를 삼켜 내 몸의 뼈가 부드러워지고/비늘이 거꾸로 돋아도/어항 속 형상들은 늘 그렇게/금빛이어야 하니까" 금붕어의 공간은 화자의 몸 밖의 세계일 뿐이다.

화자의 공간은 이 외에도 백일홍 뜰에서도 "율려律呂의 동굴에서 흘러나온 소리"(「백일홍 뜰에서」) 앞에 열려 있고, 엘리베이터에서도 "변변한 부장품 하나 없어도/올라타는 사람들"(「엘리베이터 부족」)에게도 열려 있다.

더 나아가 요양원에서도 "등창으로 누워 껌뻑이는 옹이의 눈"(「눈 밖의 눈」) 앞에 열려 있고, 밀림을 향해서도 "울고 싶어도 울 수 없을 때/당신이란 밀림을 향해/바람결에 실어 보내는 수신호로는 부족해/나 송전탑을 세워두는"

(「기린에게 보내는 송신」) 공간으로 열려 있다.

화자는 또 하나의 공간 세계를 가고자 한다. 바닥에 내려가 본 사람은 안다. 바닥엔 바닥이 없다는 것을! 공간의 지평에 있는 시 「바닥엔 바닥이 없다」에서 바닥 없는 바닥을 만날 수 있다.

바닥에 떨어지면 닿는 바닥은
멀고도 가깝지

바닥은 바닥을 볼 수 없다

단단한 바닥일수록
깨지는 아픔은 크고

우뚝 멈추는 곳에서
금세 튕겨 올리는 스프링

햇살 비껴 간 골목길로 떨어졌을 때
푹신하게 받아 주는 바닥

여기가 끝이라고 생각할 때
슬그머니 사라지는 바닥

〈

피멍 곱씹은 땅

이슬 내린 뒤에야 들국화가 스르르 일어나는 걸

바닥 없는 바닥에서 알게 됐지

        — 「바닥엔 바닥이 없다」 전문

"단단한 바닥일수록/깨지는 아픔은 크고"에서 바닥은
일차적으로 공간이며, 화자가 침몰한 세계이다. 그런데 화
자는 "바닥은 바닥을 볼 수 없다"고 한다. 어떻게 바닥임
을 알았을까? 화자는 "여기가 끝이라고 생각할 때/슬그머
니 사라지는 바닥"을 알았다고 한다. 이게 화자의 직관력
이다.

바닥에서는 더 물러설 곳이 없다. 드디어 바닥은 새로운
도약을 위한 변곡점이 된다. "금세 튕겨 올리는 스프링" 역
할을 하며 화자를 새로운 공간 세계로 이동하게 한다. 공
간의 지평은 무한히 열려 있다.

"피멍 곱씹은 땅/이슬 내린 뒤에야 들국화가 스르르 일
어나는" 동작에서 화자는 이슬이 내리는 이유를 알려준다.
이슬은 상처를 치유하는 효과도 있지만 개화를 촉진하는
기능도 있음을 명시한다. 몸이 세상에서 쓰러지듯 살아나
는 방법을 체득한다. 그것은 외부의 힘이다. 자연의 힘이
며, 아니 신의 영일지도 모른다.

116

여기에서, 이미지는 어떻게 출현하는가? 하는 질문이 생긴다.

우리 몸은 물질을 감각하고 의식한다. 또한 의식은 물질을 구현해낸다. 눈에 보이는 바닥과 눈에 보이지 않는 바닥을 인지한다. 의식 속에는 전개되지 않은 이미지들만이 있을 것이고, 공간 안에는 전개된 양적인 운동만이 있을 것이다.

질 들뢰즈Gilles Deleuzw(프. 1925~1995)는 이점에 대해 후설과 베르그손을 이렇게 비교 분석한다. 후설에 대해서는 "모든 의식은 어떤 것에 대한 의식이다." 고 요약했으며, 의식이 유물론을 지향하고 있음을 부연 설명한다. 반면에 베르그손에 대해서는 "모든 의식은 어떤 것이다."[5]고 요약했으며 관념론에 기초를 두고 있음을 밝힌다.

메를로 퐁티의 『지각의 현상학』 번역자인 류의근은 에필로그에서 "의식이 신체의 기능에 끼어드는 것이 후설이라면 신체가 의식의 삶에 끼어드는 것이 메를로 퐁티."라고 풀이한다.[6] 종합하면 후설이 물질적인 운동으로 의식의 질서를 구성했다면 베르그손은 의식 안에서 순수한 이미지의 질서를 구성한다는 점이다. 이것들은 의식적 삶에 점점 더 많

---

5) 질 들뢰즈 『운동 -이미지』 유진상 옮김. (시각과 언어. 2002) 113쪽

6) 메를로 퐁티 『지각의 현상학』 류의근 옮김. (문학과지성사. 2002) 706쪽

은 물질의 운동을 불어넣었으며, 물질적 세계에 점점 더 많은 의식을 부여한 사회적이고 과학적인 요인들이었다.

김건희 시인은 어느 쪽일까? 「금빛 비늘」은 물질적인 운동으로 의식을 강조한 후설의 안목이라면 「바닥엔 바닥이 없다」는 의식 속에서 이미지를 구성한 베르그손의 안목으로 여겨진다. 시인의 이미지 전개는 후설과 베르그손을 넘나들고 있다.

「바닥과 내통하다」와 「바닥엔 바닥이 없다」가 동일한 바닥에 관한 소재이지만 앞엣것이 시간에 대한 사유라면 뒤엣것은 공간에 대한 사유임을 알 수 있다.

4. 자아성과 타자성의 결합

살아가면서 우리는 사람들을 만나고 사물들과도 접한다. 이때 자아성과 타자성은 어떻게 결합되는가? 자아성과 타자성의 결합에 대해 「바람이 그린 그림」을 열어보자

구르던 바퀴에서 바람이 새어 나가
진창길에 멈춰 서고 말았다

유성이 들려주는 소리에 귀 기울이다

⟨

바람 빠진 타이어에 오래 기대면

누구라도 한순간 기울어질 수 있겠다

맞물린 축을 버릴 수 없어 버티기만 하다가

천방지축 앞만 보고 굴러왔던 거다

달려온 길이 사막이라면

어디엔가 오아시스를 숨긴 건 참 잘한 일

위로는 그렇게 시작되고

한 줌의 그림자도 없는 사막에서 불시착을 겪었으니

바람 빠진 바퀴쯤은 겁나지 않겠다

한시적인 자리바꿈이란

원래의 자리로 돌아가기 위한 것

　　　　　　　　　　− 「바람이 그린 그림」 전문

펑크 난 타이어는 내 의지와는 상관없이 발생한 사건이다. "구르던 바퀴에서 바람이 새어 나가/진창길에 멈춰 서고 말았다" 바퀴가 멈춰 선 진창길에 화자도 서게 된다. 화자는 타자로서 바퀴와 동일성을 유지하고 있다. 따라서 화자는 "유성이 들려주는 소리에 귀 기울이"게 된다.

　사람이 살아가면서 내 능동적인 의지와 상관없이 예기치

않는 일이 발생한 경우를 화자는 "한 줌의 그림자도 없는 사막에서 불시착"했다고 비유한다. 일상적인 사건에서 시의 소재를 찾은 시인의 눈은 예사롭지 않다. 예기치 못한 순간에 "타이어"와 결합된 상태를 언급하는데 이때 비인칭적인 실존을 인식하게 된다.

메를로 퐁티의 자아론은 "자아 속에 항상 타자적인 계기, 즉 비인칭적이고 일반 세계적인 계기가 스며 올라와 있음으로써 비로소 제대로 된 자아가 성립되는 것."[7]이라고 설명한다. 시인은 자아성과 타자성의 결합으로써 진정한 자아를 성립하는 입장을 취하고 있다.

이러한 상황에서 "한시적인 자리바꿈이란/원래의 자리로 돌아가기 위한 것"임을 인지한다. 다만 시인은 어떻게 해서 원래의 자리로 돌아갔는지에 대해서는 해답을 유보하고 있다.

시인에게 타자성의 결합은 "앙증맞던 소꿉친구의 손바닥 상처를 보았지"(「보자기꽃」)에서도 소꿉친구의 손바닥을 통해서 내통한 장면이 드러난다.

    천 개의 조각마다 천 개의 꿈이 있지

    〈

---

7) 조광제 『몸의 세계, 세계의 몸』 (이학사. 2014) 121쪽

꿈이 있을 법한 조각의 허벅지에

뒤꿈치 끼워 맞추는 것은 모두 비밀

클림트*가 키스를 완성할 때

황홀한 눈빛과 달콤한 입에 맞는

수천의 감정을 찾아 그렸듯

합일의 정점으로 한 발짝 다가가는

나는 퍼즐러

쉽게 열 수 있는 문을 마주하려

언제 깨어날지 모를 퍼즐 하나가

모서리에 부딪히면 로봇청소기였다가

입김 불면 금세 성에 낀 유리창이 되지

주름 조각에 또 하나를 이어붙이면

이목구비 선명한 한 폭의 명화처럼

오래전 애틋함도 돋아나겠지

* 오스트라아 화가.

　　　　　　　　　　－「나는 퍼즐러」 전문

"천 개의 조각마다 천 개의 꿈이 있지" 이는 개인의 경험을 보편화하고 있다. 천 개의 꿈을 완성하려면 천 개의 조각을 맞추어야 한다. 꿈은 마치 퍼즐과 같아서 화자는 퍼즐을 맞춘다. "언제 깨어날지 모를 퍼즐 하나가/모서리 부딪히면 로봇청소기였다가/입김 불면 금세 성에 낀 유리창이 되지" 화자는 예측할 수 없이 모서리 부딪히는 로봇청소기였다가 성에 낀 유리창처럼 앞을 분간할 수 없는 상황을 직면한다. 아주 돌발적이며 해소하기 힘든 불화상태를 직관하게 된다. 그러나 포기하지 않는다. 예측할 수 없는 퍼즐을 하나씩 찾아 "주름 조각에 또 하나를 이어 붙이면" "오래전 애틋함도 돌아나겠지" 하고 꿈을 성취하는 과정을 상상한다.

　오스트리아 화가 클림트의 예술 정신도 "클림트가 키스를 완성할 때/황홀한 눈빛과 달콤한 입에 맞는/수천의 감정을 찾아 그렸듯" 꿈의 결합으로 본다. 천 개의 조각을 맞추며, "합일의 정점으로 한 발짝 다가가는/나는 퍼즐러"로서 합일의 정점으로 나아가고자 한다. 여기에서 합일이란 개인의 어떤 목표를 달성하는 의미일 수도 있고 또한 너와 나의 합일 관계일 수도 있다. 이는 "쉽게 열 수 있는 문을 마주하려"는 것으로서 자아성과 타자성의 결합을 의미한다.

남극과 북극을 빙빙 돌린다

자유로운 영혼일수록 침이 고이고
껍질은 오래전부터 탈출을 꿈꾸었을 것

귀퉁이 쪼그라든 오렌지
살빛 다른 이들에게 한 쪽씩 나누어졌을 것

꽃을 꺾은 자에게 손을 모은 바라나시*가
전설보다 더 오래 산다 해도
어찌 오렌지 역사만큼 살았다고 할 수 있겠는가

끝이 보이지 않던 갈림길에서 달려 나온 바퀴는
바빌론에서 풀려나온 눈빛이다

눈 감고 입을 열어 과즙 한입 삼키면
쓴맛 단맛을 동시에 맛볼 수 있다

껍질 잃은 알맹이가 초라하다지만
어느 낯선 접시별에 툭 던져진다면
오렌지 아닌 다른 이름이 되어도 좋다
〈

내일은 어디에 있을지 아무도 모른다

＊ 인도 북부의 도시.

— 「오렌지 지구본」 전문

손바닥에서 오렌지를 돌리듯이 "남극과 북극을 빙빙 돌린다." 실은 남극과 북극을 돌리듯이 오렌지를 돌린다. 우리가 오렌지가 아니듯이 오렌지도 우리가 아니다. 다만 오렌지는 그 누구의 것도 아니며, 그 누구의 것이기도 하다. 이러한 오렌지는 화자의 몸을 통해 세계로 확산한다.

"귤통이 쪼그라든 오렌지/살빛 다른 이들에게 한 쪽씩 나누어졌을 것"으로 추리한 화자에게 오렌지는 단순한 물질이 아니다. 인류애 정신에 기초해 인종을 초월한 몸의 은유이다. 살빛 다른 이들에게 내준 한 쪽의 몸과 "꽃을 꺾은 자에게 손을 모은 바라나시"를 비교한다. 텍스트에서 꽃을 꺾은 것에 대한 구체적인 사실이 무엇인지 드러나지 않아 알 수 없다. 텍스트(문자)상으로 본다면 꽃을 꺾은 행위는 자연훼손으로도 볼 수 있겠지만 콘텍스트(문맥)로 본다면 오렌지를 살빛이 다른 인종에게 나누어준 것으로 보아 시인의 정신에 반反한 정신으로 인종차별이란 인상으로 새겨진다. '바라나시'는 인도 북부 갠지스강 연안에 있는 도시로 힌두교 성지와 많은 사원이 있다. 꽃을 꺾은

124

자에게 손을 모은 바라나시의 행동에 대한 통찰은 시인의 인류애적인 주체의식에서 유발한다. 주체의식은 곧 세계인식으로 현출된다. 시인은 바라나시에게 "전설보다 더 오래 산다 해도/어찌 오렌지 역사만큼 살았다고 할 수 있겠는가"하고 질책을 한다. 결국 끝이 보이지 않던 갈래길에서 달려 나온 바퀴는 바빌론에 매여 있지 않고 풀려나온 눈빛을 보게 된다.

오렌지를 지구본과 동일시한 것이 둥근 형태에 의한 것이라면 살빛이 다른 인종으로 언급한 것은 황색 그리고 다른 색에 의한 감각이다. 이것들은 감각에 의한 인상이다.

데이비드 흄David Hume(英. 1711~1776)에 의하면 "인상은 감각의 인상과 반성의 인상이라는 두 종류로 구분한다."[8]

감각의 인상은 감관에 따라 오성이 가져오는 것이며, 반성은 경험이 그것에 따라 오성에 관념을 주는 또 하나의 기원으로서 우리 자신의 정신 작용의 지각이다.

시인에게 감각으로서의 오렌지는 자연적인 태도를 변경함으로써 오렌지임을 현상학적으로 판단을 중지한다. 후설이 주장한 현상학적 판단중지로서 오렌지는 이제 단순한 사물로서 오렌지가 아닌 아주 다른 의미로 표상된다.

---

8) 데이비드 흄 『인간이란 무엇인가』 김성숙 옮김. (동서문화사. 2021, 26~27쪽

흔히 '정신은 지각의 다발이다.'고 말한다. 이 지각들의 운동에서 징신의 성향이 발생한다. 시간의 흐름에 따라 경험하게 되는 대상의 개별성 특질에 대해 얻는 정신작용을 반성의 인상이라고 부른다.

따라서 오렌지라는 황색이 가져온 관념은 바라나시 사람들의 꽃을 꺾은 자에게 손을 모은 행위에서 인종차별을 경험하게 되고 화자에게는 반성의 인상으로 자리매김한다.

우리가 거주하고 있는 세계는 어떤 일이 발생하고 있는가? 인간의 이성은 자기중심적이고 비합리적으로 미약한 상태이다. 절대적 정신을 추구하던 히틀러는 결국 전쟁을 일으키기도 했다. 이성과 자유가 위기가 되는 것은 사회학적 역사의 본질에 대한 이해의 부족이다. 개인과 사회와 역사가 상호작용하는 사회인식과 역사인식을 가질 필요가 있다.

사회학적 인식을 가진 시인은 오렌지라는 작고 단순한 사물에서 큰 의미를 끄집어낸다. 이러한 통찰력은 세계사의 역사는 인종차별만 있는 것은 아니리라. 그 외 여러 가지 문제에서 오는 쓴맛과 단맛도 있을 것이다. 오렌지에 대한 사유는 여기서 멈추지 않는다.

오렌지를 던진다. 오렌지가 던져진 공간은 "접시별"이다. 사실적인 오렌지를 받을 곳은 접시이지만 상징적인 오렌지를 받을 곳이 별일진데 두 곳이 합성이 되어 접시별이 탄

생한 것이다. 이때 현상학적으로 판단이 중지된 오렌지는 지구본이라는 실체로 환원이 되어 새롭게 출현한다. 지구본이라는 상상은 시공을 초월하여 우주에 있는 별까지 달려간다. 공간은 깊이와 넓이로 측정하는데 지구에서 우주의 별까지 거리는 얼마나 깊으며, 공간의 넓이는 얼마나 넓은가.

화자가 껍질 잃은 알맹이를 어느 낯선 접시별에 던지고자 한 동기는 무엇일까? 그것은 꽃을 꺾은 자에게 손을 모은 바라나시 사람들의 관습이나 행위에 대한 분노와 반성의 성찰이 있기 때문이다. 이 반성적 행위가 시간적 흐름을 의식하며, 작품의 특성이 시간 속에서 드러나게 된다.

오렌지에서 유추한 시인의 상상력은 현실과 가상, 꿈과 무의식을 데페이즈망depaysement기법으로 표현하여 의미망을 확산하고 있다.

누구도 "내일은 어디에 있을지 아무도 모른다" 오렌지가 오렌지로서의 상징적 역할을 완수했을 때 "어느 낯선 접시별에 툭 던져진다면/오렌지 아닌 다른 이름이 되어도 좋다" 오렌지를 낯선 접시별에 던진다는 시인은 사회학적이며 역사적인 상상을 우주로 확산하게 된다. 즉 오렌지의 길이 사람의 길임을 암시해준다.

이러한 사회학적이며 역사적인 사유는 어떻게 발생한 것일까? 시인의 무의식에 잠재되어 있는 직관력에서 발생하는 것으로 여겨진다.

김건희 시인은 자신을 외적인 실재에 맞서게 하는 것이 아니라 자신이 받은 인상을 객관화시켜 바깥 세계로 확산한다. 이는 자아를 완성하는 순간이다.

베네데토 크로체Benedetto Croce(이탈리아. 1866~1952)에 의하면 시인의 "직관이란 실재하는 것에 대한 지각과 가능한 것에 대한 단순한 이미지가 서로 구별되지 않은 채 통합되어 있는 상태를 말한다."[9]

시인은 실재하는 것의 지각 외에 가능한 것에 대한 이미지를 생산한다. 드디어 인류의 행복한 미래상을 그려보기도 한다.

이러한 자아성과 타자성의 결합은 "한 주름이 두 주름으로 이어져/초록과 분홍이 손을 맞잡고/아이도 노인도 리듬에 맞춰 몸을 흔드는 곳"(「백일홍 뜰에서」)에서도 나타난다.

5. 〈몸의 세계〉 밖으로 송신하며

그동안 몸 안의 세계에 대한 관심과 몸 밖의 세계라 할

---

9) 베네데토 크로체 『미학』 권혁성 외 공저 (북코리아. 2019) 25쪽

지라도 대상을 몸 안으로 끌어오던 시인은 몸 밖의 세계를 향해 달려감을 멈추지 않는다.

「기린에게 보내는 송신」을 통해서 그 점을 확인해 보자

숨기에 적당한 얼룩무늬
긴 다리는 뛰어놀기에 안성맞춤

가시덤불 속 새순에도 쉽게 닿는 긴 목
마르지 않는 혀를 위해
침샘은 스프링클러를 돌려요

아무리 긴 문장의 구름도
본능으로 뭉개진 권운卷雲도
읽어내는 눈은 맑고 영롱해서
올려다보는 하늘은 깊은 우물이에요

날아오르는 말벌 소리에도 귀를 쫑긋하는 것은
오랜 유전자가 축적된 잎 넓은 책을 양껏 읽어서일까요

울고 싶어도 울 수 없을 때
당신이란 밀림을 향해
바람결에 실어 보내는 수신호로는 부족해

나 송전탑을 세워두는 거죠

－「기린에게 보내는 송신」 전문

시인은 몸 밖의 세계에 송신을 보낸다. 그것도 사람이 아닌 동물, 동물 중에서 기린에게 보낸다. 화자는 기린에게 관심이 크다. 기린 몸의 특성에 관심을 표명한다.

"숨기에 적당한 얼룩무늬"는 보호를 받고자 하는 특성이다. "뛰어놀기에 안성맞춤"인 긴 다리, "가시덤불 속 새순에도 쉽게 닿는 긴 목" "마르지 않는 혀를 위해" 스프링클러를 돌리는 침샘, "아무리 긴 문장의 구름도/본능으로 뭉개진 권운卷雲도/읽어내는" 맑고 영롱한 눈, "날아오르는 말벌 소리에도" 쫑긋하는 귀, 등을 구체적으로 언급하며 기린을 닮고자 한다.

시인이 기린에 대해 관심이 많은 점은 「중절모 신사와 기린」에서도 드러난다 "신사가 기린에게 물었다/누구나 올라탈 수 있냐고?" 기린의 "때 묻지 않은 눈망울 속/쉼 없이 흘러가는 구름에서/내일의 날씨를 예감"(「중절모 신사와 기린」) 하기도 한다.

이렇게 시인이 기린에게 송신을 보내는 경우는 언제일까? "울고 싶어도 울 수 없을 때"이다. 결국 내 몸 안에서 일어난 사건 때문이다. 표층의 나我가 어떤 문제에 직면했을 때 심층의 나我는 자기 개성화를 지켜나가는 것이다,

그에 대한 해답으로 "당신이란 밀림을 향해/바람결에 실어 보내는 수신호로는 부족해/나 송전탑을 세워"둔 기린에게서 찾고자 한다. 이것이 자기실현의 과정이다. 표층의 나가 태풍에 휘몰아쳐도 이 심층의 나는 태풍의 중심과 같아서 고요함을 유지할 수 있다.

이와 비슷한 상상으로 시인은 첫 시집 『두근두근 캥거루』에서 캥거루를 통해서 캥거루와 동일성이 있음을 나타낸 바 있다. "초원 아닌 사막에서 빛보다 빠른 뜀박질/캥거루에게 배우고 싶거든요" "허물어지는 모래 위를 쿵쿵 뛰어다니는/나는 너의 캥거루이고 싶죠"(「두근두근 캥거루」) 하고 실토한다.

몸 밖의 세계에 송신을 보낸 시인의 마음은 자신의 몸에 대한 성찰과 반성이기도 하다. 세계를 향한 시인은 이미 "북두칠성 손잡이를 붙잡았던 나의 방랑의 끝//기도도 없이 찾아온 서늘한 빛이/직립의 뼈마디를 지켜주고 있다"(「아수라 침술원」)고 의식하였다. 북두칠성 손잡이가 직립의 뼈마디와 관련이 있음을 표출한다. 또한 "어느 낯선 접시별에 툭 던져진다면/오렌지 아닌 다른 이름이 되어도 좋다"(「오렌지 지구본」)하며 외부 세계에 대한 관심도 몸에 관한 성찰에서 비롯한 것이다.

김건희 시인은 「시인의 말」에서 "피고 지는 꽃말을/꽃대 밀어 올리는 원형의 힘을/몽당연필의 존재를/금세 낡아버리는 단어의 행간을/나는 모른다"고 자아를 성찰한다. 시인은 기획되고 의도된 것을 원치 않는다. 시가 때로 급격한 장면 전환이나 이미지 비약으로 당황하게도 하는 것은 인식의 경계가 없는 곳에 시가 있음을 고지해준다. 시인의 의식의 지향은 대체적으로 무의식에서 출발하며 몸에서 출발하기 때문이다. 이어서 시인은 "맨발의 내가/그대에게 깃발을 꽂으려/한 발 한 발 다가갈 뿐이다"고 선언한다. 이는 대상을 향한 본능적인 발걸음이다.

김건희 시인의 시집 『오렌지 낯선 별에 던져진다면』을 통해 몸에 관한 여행을 할 수 있었다. 몸 안의 세계를 탐색하던 시인은 몸 밖의 세계로 나아갔고, 몸 밖의 세계에서 더 넓은 세계, 더 나아가 "낯선 접시별"인 우주로까지 송신을 한다.

이러한 시인의 모색은 생이 혼자만이 걷는 길이 아니고 우리 모두 함께 걷는 길의 지평 위에 있기 때문에 소중하고 가치 있는 것이다. 앞으로 시인이 어디까지 나아갈지 알 수 없지만 시인의 행보에 주목이 간다.

상상인 시인선 *051*

오렌지 김건희 시집
　　낯선 별에
　　던져진다면

지은이 김건희 **1쇄 발행** 2024년 3월 15일 **2쇄 발행** 2024년 4월 30일
펴낸곳 도서출판 상상인 **펴낸이** 진혜진 **표지디자인** 최혜원 **기획·마케팅**
전은빈 최유림 노혜림 정현수 **책임교정** 종이시계 **편집** 세종PNP **등록**
번호 제572-96-00959호 등록일자 2019년 6월 25일 **주소** 06621 서울시
서초구 서초대로74길 29, 904호 **전화번호** 02-747-1367, 010-7371-1871
팩스 02-747-1877 **전자우편** ssaangin@hanmail.net

ISBN　979-11-93093-46-7 (03810)

정가 12,000원